SOCIÉTÉ DES MARBRES ET BRONZES ARTISTIQUES DE PARIS

EN LIQUIDATION

VENTE

Les Mardi 10, Mercredi 11, Jeudi 12, Vendredi 13 et Samedi 14 Avril 1883

RUE CHARLOT, N° 12

MODÈLES

DE

STATUES, GROUPES, BUSTES, ETC.

POUR

BRONZES D'ART ET MARBRES

PAR

MM. Aizelin, E. Carlier, G. Clère, Falguière, Pollet
Robert frères, etc.

MOULES POUR TERRE CUITE

MODÈLES D'ORNEMENTATION POUR AMEUBLEMENT

EXPOSITION PUBLIQUE

Les Samedi 7, Dimanche 8 et Lundi 9 Avril 1883

DE DIX HEURES DU MATIN A CINQ HEURES DU SOIR.

Mᵉ E. LECOCQ	M. G. SERVANT ✱
COMMISSAIRE-PRISEUR	[illegible]
	EXPERT
Rue de la Victoire, n° 20.	Rue de Saintonge, n° 61

PARIS — 1883

Ve RENOU, MAULDE et COCK

IMPRIMEURS DE LA COMPAGNIE DES COMMISSAIRES-PRISEURS

Rue de Rivoli, 144.

CATALOGUE

DE

MODÈLES

DE

STATUES, GROUPES, BUSTES, ETC.

POUR

BRONZES D'ART ET MARBRES

PAR

MM. Aizelin, E. Carlier, G. Clère, Falguière, Piat
Pollet, Robert frères, etc.

MOULES POUR TERRE CUITE

APPARTENANT

A la Société des Marbres et Bronzes artistiques de Paris
EN LIQUIDATION

MODÈLES D'ORNEMENTATION POUR AMEUBLEMENT

TELS QUE :

Garnitures de Cheminées, Pendules, Candélabres.
Torchères. Lustres, Bras, Flambeaux, Suspensions pour Salle à manger. Lampes.
Tables, Trépieds, Guéridons, Gaînes, Jardinières.
Vases bronze et Garnitures pour vases marbre.
Veilleuses de chambre, Coupes.
Garnitures pour colonnes marbre et bois, Miroirs.
Montures chinoises et japonaises pour potiches.
Encriers, Bougeoirs, etc., etc.
Collection de Modèles chinois provenant du Palais d'Été.

DONT LA VENTE AUX ENCHÈRES PUBLIQUES AURA LIEU

RUE CHARLOT, N° 12

Les 10, 11, 12, 13 et 14 Avril 1883

A DEUX HEURES PRÉCISES DE RELEVÉE

Mᵉ E. LECOCQ	M. G. SERVANT
COMMISSAIRE-PRISEUR	Ancien Fabricant de Bronzes
	EXPERT
Rue de la Victoire, n° 20	Rue de Saintonge, n° 61.

EXPOSITION PUBLIQUE

Les Samedi 7, Dimanche 8 et Lundi 9 Avril 1883

DE DIX HEURES DU MATIN A CINQ HEURES DU SOIR.

PARIS — 1883

CONDITIONS DE LA VENTE

Elle sera faite au comptant.

Les Acquéreurs paieront, en sus du prix d'adjudication, CINQ CENTIMES PAR FRANC, applicables aux frais.

Ils seront tenus de prendre la **FONTE BRUTE** pour chacun des Modèles, au prix de **1** fr. **50** le kilogramme.

Le **POIDS DE FONTE** sera indiqué au moment de la mise en vente de chaque Modèle.

NOTA. — Tous les Modèles portés au présent Catalogue sont vendus avec droit de reproduction.

MODÈLES

DE

STATUES, GROUPES, BUSTES ETC.

POUR

BRONZE D'ART ET MARBRES

AVEC DROIT DE REPRODUCTION

DÉSIGNATION

STATUES

1 — **MERVEILLEUSE** (Tenue de bal).

Par Aizelin.

Original bronze. Haut. 0m 89.

3 épreuves plâtre.

1 moule.

Réduction bronze n° 2. Haut. 0m 48.

2 — **MERVEILLEUSE** (Tenue de ville).

Par Aizelin.

Original bronze. Haut. 0m 89.

3 épreuves plâtre.

1 moule.

Réduction bronze n° 2. Haut. 0m 50.

3 — **LE PRINTEMPS.**

Par Aizelin.

Original plâtre. Haut. 0m87.

4 — **LE BERGER.**

Par Aizelin.

Original plâtre. Haut. 0m90.

5 — **LE NOUVEAU-NÉ.**

Par Aizelin.

Original plâtre. Haut. 0m90.

BUSTES

6 — **SORTIE DE L'ÉGLISE.**

Buste par AIZELIN.

Original bronze. Haut. 0m59.

3 épreuves plâtre.

2 moules.

7 — **LA PASTORALE.**

Buste par AIZELIN.

Original plâtre. Haut. 0m58.

2 épreuves plâtre.

2 moules.

8 — **FIANCÉE.**

Buste par AIZELIN.

Original bronze. Haut. 0m65.

3 épreuves plâtre.

2 moules.

9 — **COLIN-MAILLARD.**

Buste par AIZELIN.

Original plâtre. Haut. 0m65.

STATUES

10 — **DANSEUSE ÉGYPTIENNE.**

Statue par FALGUIÈRE.

Original plâtre. Haut. 1m63.

2 épreuves plâtre.

Réduction bronze n° 1. Haut. 1m25.

Réduction bronze n° 2. Haut. 1m10.

Réduction bronze n° 3. Haut. 0m85.

Réduction bronze n° 4. Haut. 0m63.

Le marbre original appartient à M. LAURENT RICHARD.

11 — **GALATÉE.**

Statue par FALGUIÈRE.

Original plâtre. Haut. 0m70.

3 épreuves plâtre.

1 moule.

Réduction bronze. Haut. 0m34. Long. 0m21.

12 — **LA VÉRITE.**

Statue par FALGUIÈRE

Original bronze. Haut. 1m02.

3 épreuves plâtre.

1 moule.

Réduction bronze. Haut. 0m44.

Le marbre original appartient à M. BARTHOMIEUX.

13 — **LA SOURCE** (d'après Ingres.)

Statue par FALGUIÈRE.

Original bronze. Haut. $0^{m}75$.

3 épreuves plâtre.

2 moules.

Réduction bronze. Haut. $0^{m}41$.

14 — **MARGUERITE A GENOUX.**

Statue par FALGUIÈRE.

Original plâtre. Haut. $1^{m}13$

Le marbre original appartient à M. CH. LALOU.

15 — **OPHÉLIE.**

Statue.

Original plâtre. Haut. $1^{m}80$

1 épreuve plâtre.

Le marbre original appartient à M. LAURENT RICHARD.

16 — **MARTYR.**

Statue couchée par FALGUIÈRE.

Réduction bronze. Haut. $0^{m}30$.

Long. $0^{m}27$.

Avec droit d'édition **pour le bronze seulement.**

Le marbre original est au palais du LUXEMBOURG.

17 — **MARGUERITE ENTRANT A L'ÉGLISE.**

Statue par Falguière.

Original bronze. Haut. 0m94

3 épreuves plâtre.

1 moule.

Réduction bronze. Haut. 0m47.

18 — **MIGNON.**

Statue par Falguière.

Modèle bronze n° 1. Haut. 0m90.

2 épreuves plâtre.

1 moule.

Réduction bronze n° 2. Haut. 0m49.

19 — **ÉLÉGIE.**

Statue par Falguière.

Original plâtre. Haut. 1m35

Réduction bronze. Haut. 0m50.

L'original est au Nouvel Opéra.

20 — **CLYTIE.**

Statue par Falguière.

Original bronze. Haut. 0m55

3 épreuves plâtre.

1 moule.

Le marbre original appartient à M. Schwabacher.

21 — **MADEMOISELLE LILI.**

Statue par FALGUIÈRE.

Original bronze. Haut. 0^m75.

2 épreuves plâtre.

1 moule.

22 — **DOROTHÉE et sa CHÈVRE.**

Statue par FALGUIÈRE.

Original bronze. Haut. 0^m80.

3 épreuves plâtre.

1 moule.

23 — **LA CHANSON.**

Statue par FALGUIÈRE.

Original plâtre. Haut. 1^m10.

24 — **ÈVE.**

Statue par FALGUIÈRE.

Original plâtre. Haut. 1^m60.

Réduction plâtre. Haut. 1^m00.

Le marbre original appartient à M. SECRETAN.

GROUPES

25 — **DAPHNIS et CHLOÉ.**

Groupe par Falguière.

Original plâtre. Haut. 0m63.

2 épreuves plâtre.

1 moule.

Réduction bronze. Haut. 0m40.

Long. 0m46.

26 — **LÉDA et CYGNE.**

Groupe par Falguière.

Original plâtre. Haut. 1m08.

2 épreuves plâtre.

1 moule.

Le marbre original appartient à M. Schwabacher.

STATUES

27 — LA ROSÉE.

Statue par E. Carlier.

Original plâtre. Haut. 1^m70.

2 épreuves plâtre.

1 moule.

28 — LA CRUCHE CASSÉE.

Statue par E. Carlier.

Original plâtre. Haut. 1^m60.

1 épreuve plâtre.

Réduction bronze n° 1. Haut. 1^m00.

3 épreuves plâtre.

1 moule.

Réduction bronze n° 2. Haut. 0^m80.

1 moule.

Réduction bronze n° 3. Haut. 0^m57.

Réduction bronze n° 4. Haut. 0^m41.

Seront vendues avec ces figures :

2 garnitures de socles, pendules et coupes pour les figures n°s 2 et 3.

Plus :

1 garniture pour le piédestal de la figure n° 1.

29 — **LA FRILEUSE.**

Statue par E. Carlier.

Original plâtre. Haut. 1^m70.

1 épreuve plâtre.

1 moule.

Réduction plâtre. Haut. 0^m85.

1 épreuve plâtre

1 moule.

30 — **LE PIERROT.**

Statue par E. Carlier.

Original bronze. Haut. 0^m87.

2 épreuves plâtre.

1 moule.

Réduction bronze. Haut. 0^m35.

31 — **ARLEQUIN.**

Statue par E. Carlier.

Original bronze. Haut. 0^m87.

1 épreuve plâtre.

1 moule.

Réduction bronze. Haut. 0^m35.

Sera vendu avec les figures Pierrot et Arlequin, un lot d'Ornements bronze formant Torchères.

32 — **BACCHANTE AGENOUILLÉE.**

Statue par E. CARLIER.

Original plâtre. Haut. 1m50.

STATUE

33 — **L'AURORE.**

Statue par G. Clère.

Original bronze. Haut. 1m10.

34 — **TU N'AURAS PAS MA ROSE.**

Statue par G. Clère.

Original plâtre. Haut. 0m70.

35 — **MOÏSE SAUVÉ DES EAUX.**

Statue par G. Clère.

Original plâtre. Haut. 1m25.

BUSTES

---

36 — **L'ÉGLANTIER.**

Buste par G. Clère.

Original plâtre. Haut. 0^m68.

37 — **LE LISERON.**

Buste par G. Clère.

Original plâtre. Haut. 0^m70.

38 — **L'INNOCENCE.**

Buste par G. Clère.

Original plâtre. Haut. 0^m68.

39 — **BÉRÉNICE.**

Buste par G. Clère.

Original plâtre. Haut. 0^m68.

40 — **ÉRIGONE.**

Buste par G. Clère.

Original plâtre. Haut. 0m75.

STATUES

41 — **LA NUIT.**

Statue par Pollet.

Original plâtre. Haut. 1^m90.

Réduction plâtre. Haut. 1^m10.

2 épreuves plâtre.

1 moule.

Avec droit de reproduction en **marbre** et en **terre cuite** seulement.

42 — **LE JOUR.**

Statue par Pollet.

Original bronze. Haut. 1^m15.

1 épreuve plâtre.

Avec droit de reproduction en **marbre.**

Le marbre original appartient à M. Sakakini.

GROUPES

43 — **ACHILLE et DEÏDAMIE.**

Groupe par POLLET.

Original plâtre. Haut. 0m 80.

Le marbre original appartient à M. EDWARDS.

44 — **ELOA.**

Groupe par POLLET.

Original plâtre. Haut. 1m 52.

1 épreuve plâtre.

Le marbre original est au MUSÉE DU LUXEMBOURG.

BUSTE

45 — **DIANE.**

Par Pollet.

Original plâtre. Haut. 0m 71.

Le marbre original appartient à Eram Bey.

BUSTE

46 — **MARIE D'ÉTRURIE.**

Par les frères Robert.

Original bronze. Haut. $0^{m}69$.

1 Épreuve plâtre.

1 moule.

STATUETTE, GROUPE, FLAMBEAU

47 — **PAYSAN et PAYSANNE.**

Statuette par Mme Léon BERTAUX.

Originaux bronze. Haut. 0m26.

48 — **FEMME A LA POMME et ENFANTS.**

Groupe par Mme Léon BERTAUX.

Original bronze. Haut. 0m32.

2 épreuves plâtre.

1 moule.

49 — **FLAMBEAU DE L'HYMÉNÉE et VÉNUS AUX COLOMBES**, avec socle.

Statuettes par Mme Léon BERTAUX.

Originaux bronze. Haut. 0m27.

DIVERS

STATUES

50 — **LA PEINTURE.**

Statue.

Original plâtre. Haut. 1m62.

Réduction plâtre. Haut. 0m80.

51 — **SOURCE A GENOUX.**

Statue.

Original bronze. Haut. 0m43.

2 moules.

52 — **HÉBÉ.**

Statue.

Original plâtre. Haut. 0m40.

GROUPES

53 — **FEMME ENTRAINÉE PAR L'AMOUR.**

Groupe attribué à COUSTOU.

Modèle plâtre. Haut. 1m73.

1 épreuve plâtre.

Réduction bronze n° 1. Haut. 0m87.

2 épreuves plâtre.

2 moules.

Réduction bronze n° 2. Haut. 0m58.

54 — **JEUNE FILLE LOUIS XV.**

Statue pierre, ancienne.

Original pierre. Haut. 1m45.

55 — **BAISER MATERNEL.**

Groupe attribué à MARIN.

Modèle bronze. Haut. 0m74.

1 moule.

56 — **FAUNE et BACCHANTE.**

Groupe par Clodion.

Modèle bronze. Haut. 0m61.

Seront vendus avec ce groupe :

1 Garniture d'ornements pour un socle Louis XV.

1 Garniture d'ornementspour un socle Louis XVI.

57 — **AMOUR PUNI.**

Groupe.

Original plâtre. Haut. 0m00.

1 moule.

58 — **ENFANT AU CHIEN.**

Groupe.

Original plâtre. Haut. 0m00.

1 moule.

59 — **ENFANT A L'OISEAU.**

Groupe.

Original plâtre. Haut. 0m20.

60 — **LION DÉVORANT UN SANGLIER.**

Groupe par BARYE.

Original bronze. Haut. 0m20.

Long. 0m33.

61 — **INSPIRATION MUSICALE.**

Groupe par SCHŒNWERK.

Modèle bronze. Haut. 0m33.

BUSTES

62 — **FEMME ENTRAINÉE.**

Buste.

2 épreuves plâtre. Haut. 0m58.

1 moule.

63 — **JEUNE GARÇON.**

Buste de l'époque Louis XVI.

Original plâtre. Haut. 0m48.

64 — **JEUNE FILLE.**

Buste de l'époque Louis XVI.

Original plâtre. Haut. 0m48.

65 — **MATER DOLOROSA.**

Buste par Lanzirotti.

Réduction bronze. Haut. 0m35.

5 épreuves plâtre.

1 moule.

66 — **BACCHANTE COURONNÉE.**

Buste.

Original plâtre. Haut. $0^{m}57$.

1 moule.

67 — **FATMÉ et DIANA.**

Groupe bronze. Haut. $0^{m}25$.

MODÈLES

D'ORNEMENTATION

Garnitures de Cheminées, Pendules, Candélabres.

Torchères, Lustres, Bras, Flambeaux, Suspensions pour Salle à manger, Lampes.

Tables, Trépieds, Guéridons, Gaînes, Jardinières.

Vases bronze et Garnitures pour vases marbre.

Veilleuses de chambre, Coupes.

Garnitures pour colonnes, marbre et bois, Miroirs.

Montures chinoises et japonaises pour potiches.

Encriers, Bougeoirs, etc., etc.

Collection de Modèles chinois provenant du Palais d'Été. (Collection DUGLÉRÉ).

GARNITURES DE CHEMINÉES, PENDULES CANDÉLABRES

---

68 — **GARNITURE NEPTUNE**, n°s 1 et 2.

Pendules et Candélabres.

Par E. Carlier.

Avec cette garniture, il sera vendu les modèles d'ornements et figures faisant un surtout de table Louis XIV.

Plus : Une figure Amphitrite et deux figures femmes Tritons, faisant un autre modèle de Pendule ou pièce de milieu, pour Surtout de table.

69 — **GARNITURE AMOUR INDÉCIS**, n° 1, trois figures.

Par E. Carlier.

Pendule et Candélabre, à 13 lumières.

70 — **GARNITURE AMOUR INDÉCIS**, n° 2.

Par E. Carlier.

Pendule et Candélabre, 9 lumières.

Modèle non terminé.

71 — **GARNITURE HENRI II.**

Par Robert frères.

Pendule et Candélabre, Lampe.

Garniture et plaque pour bras.

Pied pour girandoles.

Vente G. Servant.

72 — **GARNITURE SOURCE.**

Par E. Carlier.

Composée de : Pendule, Candélabre, Socle et Coupe.

73 — **GARNITURE FEMME A LA ROSE.**

Par Machaud.

Pendule, Candélabre, Flambeau et Bras.

74 — **GARNITURE RENAISSANCE CARILLON.**

Par E. Carlier.

Pendule, Candélabre, à 9 lumières.

Bout-de-Table et Flambeau.

75 — **GARNITURE PAGODE**, style chinois.

Par E. Carlier.

Pendule et Candélabre.

76 — **PENDULE LOUIS XVI A GLACE** et Candélabre d'accompagnement.

Garniture pour petit socle Louis XVI marbre.

Par E. Carlier.

77 — **PENDULE ET CANDÉLABRE CHINOIS**, pour émaux cloisonnés ou glace.

Par E. Carlier.

78 — **PENDULE, COUPE** et **FLAMBEAU TAUREAU.**

Par E. Carlier.

79 — **PENDULE LOUIS XVI, DANSEUSE.**

Par E. Carlier.

80 — **SOCLE PENDULE RENAISSANCE** (Continental).

Par E. Carlier.

81 — **GARNITURE PENDULE ET CANDÉLABRE CHINOIS, CHIMÈRES.**

Par E. Carlier.

82 — **PENDULE LOUIS XVI**, cuivre et bois.

Par E. Carlier.

Deux modèles.

83 — **SOCLE LOUIS XVI, MARIE-ANTOINETTE** (pour buste deux tiers nature).

Flambeau d'accompagnement.

Par E. Carlier.

84 — **SOCLE-PENDULE, GALATHÉE.**

Par E. Carlier.

85 — **SOCLE ET PENDULE, Mme DE LAMBALLE.**

Par E. Carlier.

86 — **PENDULE ET CANDÉLABRE, ÉLÉPHANT CHINOIS**, cloisonné.

Par E. Carlier.

87 — **PENDULE ET COUPE, SAPHO.**

Par E. Carlier.

88 — **SOCLE RENAISSANCE MARBRE.**

Par E. Carlier.

89 — **SOCLE ELOA.** Piédestal.

Par E. Carlier.

90 — **CANDÉLABRE ALLOU.**

Par Chesneau.

91 — **CANDÉLABRE CARRÉ CHINOIS.**

Par E. Carlier.

92 — **CANDÉLABRE CHINOIS,** pied éléphant.

Par E. Carlier.

Se fait à neuf lumières.

93 — **CANDÉLABRES LOUIS XVI, AMOURS PUNIS,** à 4 lumières et Bout-de-Table à 2 lumières.

Deux **réductions.**

Par E. Carlier.

Modèle non terminé.

TORCHÈRES, LUSTRES, BRAS
SUSPENSIONS POUR SALLE A MANGER
LAMPES

94 — **GRANDE TORCHÈRE LOUIS XIV**, 5 lampes avec console-support pour bustes.

Par Piat.

95 — **DEUX TORCHÈRES, FAUNE ET FAUNESSE.** à 21 lumières.

Par E. Carlier.

96 — **TORCHÈRES RENAISSANCE.**

Deux figures. Haut. 1m60.

Bouquets de lumières et socles.

Par E. Carlier.

97 — **TORCHÈRE LOUIS XIII,** Lampe et bouquet. à 7 lumières.

Par Piat.

98 — **TORCHÈRE LOUIS XIV** avec girandoles.

à 9 lumières.

Par Piat.

99 — **TORCHÈRE, GUÉRIDON ET LAMPE RENAISSANCE.**

Par E. Carlier.

100 — **LUSTRE LOUIS XVI.**

à 24 et 30 lumières

Bras Louis XVI.

à 5 et 7 lumières.

Par E. Carlier.

101 — **LUSTRES ET BRAS LOUIS XIV.** Trois figures

6 lumières, 3 lampes.

Par Piat.

102 — **LUSTRE HENRI II.**

36 lumières.

Par Robert frères.

Vente G. Servant.

103 — **LUSTRE LOUIS XIII.**

15 lumières.

Par E. Carlier.

104 — **LUSTRE LOUIS XIV**, œil-de-bœuf (Versailles).

à 36 et 48 lumières.

Pièces pour bras.

Par E. Carlier.

105 — **SUSPENSION LOUIS XVI.**

Par Chesneau.

106 — **SUSPENSION ET BRAS RENAISSANCE.**

Par E. Carlier.

107 — **LAMPE ET SUSPENSION GRECQUE.**

Par E. Chesneau.

108 — **LAMPE CHINOISE, DRAGON ET CHAUVE-SOURIS.**

Par E. Carlier.

109 — **LAMPE LOUIS XVI DELAFOSSE.**

Par E. Carlier.

110 — **LAMPE LOUIS XVI, TÊTES DE BÉLIERS.**

(accompagnant le n° 143).

Par E. Carlier.

111 — **LAMPE LOUIS XVI, PIED DE BICHE.**

Par E. CARLIER.

112 — **LANTERNE LOUIS XIV** et bouquet même style, pouvant servir pour torchère.

Par PIAT et E. CARLIER

113 — **APPAREIL DE BILLARD LOUIS XIV.**

Par E. CARLIER.

114 — **BRAS PHŒBUS.**

(Éclairage pour tableaux).

Par E. CARLIER.

115 — **BRAS LOUIS XVI** ancien.

Fonte seulement.

116 — **BOUT-DE-TABLE LOUIS XVI.**

2 lumières à têtes.

Par E. CARLIER.

117 — **BOUT-DE-TABLE ACROBATE.**

2 Modèles figure dont un préparé pour cachet.

Par E. CARLIER.

118 — **BOUT-DE-TABLE LOUIS XIII.**

Ancien.

119 — **BOUT-DE-TABLE HIBOU.**

2 lumières.

Par E. Carlier.

120 — **FLAMBEAU HENRI II.**

Par Robert frères.

Vente G. Servant.

121 — **FLAMBEAU LOUIS XIV DAUPHINS.**

Par E. Carlier.

122 — **FLAMBEAU LOUIS XVI CARIATIDE.**

Ancien.

123 — **FLAMBEAU LOUIS XVI MUGUET.**

Par E. Carlier.

124 — **FLAMBEAU LOUIS XVI BALUSTRE.**

Par E. Carlier.

125 — **FLAMBEAU PLATEAU.**

Par E. Carlier.

126 — **FLAMBEAU CHINOIS CARRÉ.**

Par E. Carlier.

127 — **FLAMBEAU LOUIS XV.**

Fonte seulement.

TABLES, TRÉPIEDS, GUÉRIDONS
JARDINIÈRES

128 — **GRANDE TABLE LOUIS XIV**, n° 1.

Par JOINDY.

129 — **TABLE LOUIS XIV**, n° 2.

Réduction du n° 128.

Par JOINDY.

130 — **TABLE LOUIS XVI.**

ÉCRAN LOUIS XVI.

Par E. CARLIER.

131 — **TABLE CHINOISE.**

Par PIAT.

132 — **TABLE RENAISSANCE.**

Par E. CARLIER.

133 — **TRÉPIED CHINOIS AXOLOTS.**

Par E. CARLIER.

134 — **TRÉPIED CHINOIS A TÊTES D'ÉLÉPHANT.**

Pour grandes Potiches cloisonnées, avec Bouquet hirondelles.

A 13 lumières.

Par E. Carlier.

135 — **TRÉPIED CHINOIS POUR POTICHE.**

Par E. Carlier.

136 — **GRANDE GAINE LOUIS XIV CARRÉE.**

Par E. Carlier.

137 — **GRANDE GAINE HORLOGE LOUIS XVI.**

Par Piat.

138 — **GAINE LOUIS XIV.**

Par E. Carlier.

139 — **PETITE GAINE LOUIS XVI.**

Par E. Carlier.

140 — **PETITE GAINE LOUIS XVI.**

Pour Bustes et Gorges pour Socles.

Par E. Carlier.

141 — **GAINE LOUIS XIV** (Continental).

Par E. Carlier.

142 — **GRANDE JARDINIÈRE LOUIS XIV, GONDOLE.**

Milieu de table.

Par E. Carlier.

143 — **JARDINIÈRE LOUIS XVI, BAS-RELIEF ENFANTS.**

Par E. Carlier.

VASES BRONZE ET GARNITURES POUR VASES MARBRE

144 — **VASE LOUIS XVI, RAISIN.**

Pour lampe.

Par E. Carlier.

145 — **VASE LOUIS XVI** (Continental).

Par E. Carlier.

146 — **VASE LOUIS XIV COLBERT, TÊTE DE MÉDUSE.**

Par E. Carlier.

147 — **VASE LOUIS XIV, CONDÉ.**

Par E. Carlier.

148 — **VASE LOUIS XVI,** Girardin.

Ancien.

149 — **GARNITURES POUR VASES ET COUPE LOUIS XVI MARBRE.**

Par E. Carlier.

VEILLEUSES DE CHAMBRE, COUPES

150 — **VEILLEUSE RENAISSANCE.**

Par Robert frères.

Vente G. Servant.

151 — **VEILLEUSE MAURESQUE.**

Par E. Carlier.

152 — **GRANDE CASSOLETTE LOUIS XVI, AMOUR ENCHAINÉ.**

Par E. Carlier.

153 — **CASSOLETTE LOUIS XVI**, ancienne.

Fonte seulement.

154 — **GRANDE COUPE LOUIS XIV. ENFANTS.**

Par E. Carlier.

155 — **COUPE RENAISSANCE.**

Par E. Carlier.

156 — **COUPE LOUIS XIV, ENFANT.**

Par E. Carlier.

157 — **COUPE DAUPHIN** et Assiette.

Service de table.

Par E. Carlier.

158 — **COUPE DAUPHINS.**

Par E. Carlier.

159 — **COUPE HÉRON.**

Par E. Carlier.

160 — **PORTE-BOUQUET ET COUPE RENAISSANCE ENFANT.**

Par E. Carlier.

GARNITURES POUR COLONNES MARBRE ET BOIS, MIROIRS

161 — **COLONNE LOUIS XVI A MÉDAILLON.**

Par E. CARLIER.

162 — **COLONNE GRECQUE.**

Par E. CARLIER.

163 — **GRAND MIROIR LOUIS XVI.** Trois figures.

Pouvant se poser sur la table n° 130.

Par E. CARLIER.

164 — **MIROIR LOUIS XVI, ENFANTS.**

Par E. CARLIER.

MONTURES CHINOISES ET JAPONAISES POUR POTICHES

---

165 — **GRANDE MONTURE JAPONAISE.**

Pour vases cloisonnés et monture pour suspension.

Par Piat.

166 — **MONTURE CHINOISE.**

Pour grandes potiches.

Par E. Carlier.

167 — **MONTURE QUATRE PIEDS BAMBOU.**

Pour potiches.

Par E. Ca lier.

168 — **GARNITURE POUR LAMPE CHINOISE.**

Par E. Carlier.

169 — **MONTURE CHINOISE, BOUTS-DE-TABLE.**

(Pour Éléphant émail cloisonné.)

Par E. Carlier.

170 — **MONTURE CHINOISE POUR GRUES.**

(Émail cloisonné.)

Par E. Carlier.

171 — **DEUX TORTUES MARINES CHINOISES.**

Et deux lumières pour Ibis cloisonnés.

Ancien.

172 — **TROIS MONTURES JAPONAISES ET UNE RENAISSANCE.**

Par E. Carlier.

173 — **TROIS MONTURES JAPONAISES ET DEUX BANDES.**

Par E. Carlier.

174 — **SIX MONTURES JAPONAISES.**

Par E. Carlier.

175 — **TROIS MONTURES JAPONAISES.**

Pour Cache-Pots et Buire.

Par E. Carlier.

176 — **DEUX MONTURES JAPONAISES** pour lampes.

Par E. Carlier.

177 — **UNE MONTURE APONAISE** pour lampe

Par E. Carlier.

178 — **UN PIED JAPONAIS : FLEUR DE PÊCHER.**

Pour potiches.

Par E. Carlier.

179 — **DEUX MONTURES ET ANSES** (Porte-Cartes).

Par E. Carlier.

180 — **TROIS TÊTES** et **UNE CHIMÈRE JAPONAISE**

Par E. Carlier.

181 — **UNE MONTURE JAPONAISE BAMBOU.**

Pour Jardinière cloisonnée.

Par E. Carlier.

182 — **UNE MONTURE JAPONAISE CHIMÈRES.**

Pour Coupe et cloisonnés.

Par E. Carlier.

183 — **SIX CERCLES ET GALERIES JAPONAISES.**

184 — **UNE MONTURE JAPONAISE ET CHIMÈRE.**

Pour pied.

185 — **FLAMBEAU PERDRIX.**

Pour cloisonnés.

Par E. Carlier.

186 — **TROIS MONTURES POUR COUPES :**

Eléphant, Chimère et Dauphin.

187 — **MONTURE HEXAGONE CHINOISE,**

Pour potiche.

188 — **DEUX MOULURES**

Pour cadres de plaques cloisonnées.

189 — **UNE CHIMÈRE JAPONAISE ET SON PETIT.**

Original, fonte seulement.

ENCRIERS, BOUGEOIRS ET DIVERS

190 — **ENCRIER LOUIS XVI, ENFANT TAPAGEUR.**

Par E. Carlier.

191 — **ENCRIER LOUIS XVI** (3 godets).

2 Modèles.

Par E. Carlier.

192 — **ENCRIER LOUIS XVI**, bois (5 pièces).

Par E. Carlier

193 — **ENCRIER CHINOIS PAGODE.**

Par Baud.

194 — **ENCRIER MINERVE.**

Par E. Carlier.

195 — **ENCRIER ÉTRUSQUE.**

Par Baud.

196 — **ENCRIER GOTHIQUE.**

Par BAUD.

197 — **ENCRIER LOUIS XIII.**

Par BAUD.

198 — **PETIT ENCRIER LOUIS XIV.**

Par BAUD.

199 — **BOUGEOIR LOUIS XV** (3 grandeurs).

Ancien.

200 — **BOUGEOIR-NUIT.**

Par E. CARLIER.

201 — **CARTEL LOUIS XVI.**

Par E. CARLIER.

202 — **GARNITURE DE FOYER, CANARD CHINOIS.**

Plateau, Croissant et Bouton pour pelle et pincettes.

Par PIAT.

203 — **CADRE MAINTENON.**

Par E. Carlier.

204 — **CADRE RENAISSANCE.**

Par E. Carlier.

205 — **PORTE-CHAPEAU** (Continental).

Par E. Carlier.

206 — **FACE A MAIN** Renaissance.

Par E. Carlier.

207 — **SONNETTE SPHINX ET TIMBRE A GRIFFES.**

Par E. Carlier.

208 — **SABLIÈRE ET PELLE SERPENTS.**

Par E. Carlier.

209 — **PLUMIER.**

Par E. Carlier.

210 — **ESSUIE-PLUME.**

Par E. Carlier.

211 — **COUTEAU A PAPIER, ENFANTS.**

Par E. Carlier.

212 — **COUPE-PAPIER SPHINX.**

Par E. Carlier.

213 — **PORTE-ALLUMETTES LOUIS XV.**

Ancien.

214 — **PORTE-ALLUMETTES COQ ET POULE.**

Ancien.

215 — **DEUX BAS-RELIEFS, LION ET TIGRE.**

Par Barye.

216 — **DEUX GROUPES, ENFANTS FRILEUX.**

Anciens.

217 — **GROS TORS LAURIERS LOUIS XVI.**

Pour colonnes.

218 — **SIX PIÈCES LOUIS XVI.**

Pour meubles.

219 — **LAMPE ANTIQUE. TÊTE DE NÈGRE.**

COLLECTION DE MODÈLES CHINOIS

Provenant du Palais d'Été

(Collection DUGLÉRÉ)

220 — **JARDINIÈRE, FRUITS.**

Original.

221 — **JARDINIÈRE CARRÉE A CHIMÈRES.**

Original.

222 — **JARDINIÈRE OVALE A CHIMÈRES.**

Original.

223 — **JARDINIÈRE CARRÉE A FIGURES.**

Original.

224 — **JARDINIÈRE BAMBOU.**

Original.

225 — **JARDINIÈRE CARREE A QUATRE PIEDS.**

Original.

226 — **JARDINIÈRE A ANSES, ORNEMENT.**

Original.

227 — **JARDINIÈRE RONDE A ANSES.**

Original.

228 — **JARDINIÈRE RONDE A PATINS.**

Original.

229 — **JARDINIÈRE PORTE-FLEURS A FIGURES.**

Original.

230 — **JARDINIÈRE OSIER**

Original.

231 — **JARDINIÈRE SAC.**

Original.

232 — **JARDINIÈRE TORTUES ANSES FRUITS.**

Original.

233 — **PETITE JARDINIÈRE CARRÉE.**

Original.

234 — **VASE TRIOPODE A COUVERCLE.**

Original.

235 — **VIDE-POCHE.**

Original.

236 — **VASE GRIFFON.**

Original.

237 — **VASE LOSANGE.**

Original.

238 — **DEUX GRANDS VASES A FLEURS.**

Originaux.

239 — **VASE CHIMÈRE PIED CRAPAUD.**

Arrangé pour lampe.

Original.

240 — **PETIT VASE A FIGURES, BAS-RELIEF.**

Original.

241 — **VASE TROIS PIEDS ENFANTS.**

Original.

242 — **VASE TROIS PIEDS CYGNES.**

Original.

243 — **VASE POUR LAMPE.**

Original.

244 — **VASE ROND, ANSES TÊTES D'ÉLÉPHANT.**

Original.

245 — **VASE ROND, ANSES CHIMÈRES.**

Original.

246 — **VASE A FLEURS LOUIS XV.**

Original.

247 — **VASE OSIER.**

Original.

248 — **PETIT BAGUIER ROND.**

Original.

249 — **VASE FLEURS DE PÊCHER.**

Original.

250 — **BRULE-PARFUMS, CHIENS.**

Original.

251 — **BRULE-PARFUMS,** n° 1, à couvercle.

Original.

252 — **BRULE-PARFUMS,** n° 2, à couvercle.

Original.

253 — **BRULE-PARFUMS,** n° 3, sans couvercle.

Original.

254 — **BRULE-PARFUMS COQ.**

Original.

255 — **BRULE-PARFUMS** (Têtes d'éléphant).

256 — **BRULE-PARFUMS QUATRE PIEDS.**

Original.

257 — **BRULE-PARFUMS CUIR.**

Original.

258 — **BRULE-PARFUMS BAMBOU.**

Original.

259 — **BRULE-PARFUMS COUVERCLE ÉLÉPHANT.**

Original.

260 — **AIGUIÈRE CARRÉE** (Têtes d'éléphants).

Original.

261 — **BUIRE A ANSES**, n° 2.

Original.

262 — **BUIRE A ANSES, n° 1.**

Original.

263 — **BUIRE RAISINS**, n° 2.

Original.

264 — **BUIRE RAISINS, n° 1.**

Original.

265 — **AIGUIÈRE CARRÉE.**

Original.

266 — **PORTE-BOUQUET, n° 1.**

Original.

267 — **PORTE-BOUQUET, n° 2.**

Original.

268 — **PORTE-BOUQUET, n° 3.**

Original.

269 — **PORTE-BOUQUET, n° 4.**

Original.

270 — **PORTE-FLEURS A FIGURES**

Original.

271 — **PORTE-FLEURS A FIGURES.**

Original.

272 — **PLATEAU CARRÉ PORTE-CARTES.**

Original,

273 — **PLAT CREUX A FIGURES**

Original.

274 — **PLATEAU CRABE.**

Original.

275 — **DEUX CHANDELIERS.**

Originaux.

276 — **FLAMBEAU IBIS.**

Original.

277 — **FLAMBEAU DRAGON.**

Original.

278 — **ENCRIER A PERSONNAGES.**

Original.

279 — **ENCRIER CHINOIS.**

Original.

280 — **CAVALIER CHINOIS.**

Original.

281 — **UN DRAGON.**

Original.

282 — **BONBONNIÈRE LIERRE.**

Original.

283 — **BONBONNIÈRE DRAGONS.**

Original.

284 — **BAGUIER A ANSES DRAGONS.**

Original.

285 — **BAGUIER SANS ANSES.**

Original.

Ve Renou, Maulde et Cock, imprs de la Compagnie des Commissaires-Priseurs, rue de Rivoli, 144. 35826

www.ingramcontent.com/pod-product-compliance
Ingram Content Group UK Ltd.
Pitfield, Milton Keynes, MK11 3LW, UK
UKHW021311190726
13839UKWH00007B/1166